D1296742

Mardi, jour d'Halloween

Vous pouvez visiter notre site tous les jours de la semaine, y compris le mardi et le jour de l'Halloween !
www.soulieresediteur.com

De la même auteure
Chez Soulières éditeur :

Le champion du lundi, 1998
Le démon du mardi, 2000, Prix Boomerang 2001,
3e position au Palmarès de Communication-Jeunesse
2001
Le monstre du mercredi, 2001, 2e position au Palmarès
de Communication-Jeunesse 2002
Lia et le secret des choses, 2002
J'ai vendu ma soeur, 2002, Prix du Gouverneur Général
du Canada 2003
Les petites folies du jeudi, 2003, Prix Communication-
Jeunesse 2004, Grand Prix du livre de la Montérégie
2004
Le macaroni du vendredi, 2004, Grand Prix du livre du
public de la Montérégie 2005
L'esprit du vent, coll. Graffiti 2005, Grand Prix du jury
de la Montérégie 2005
Maîtresse en détresse, 2005
Le mauvais coup du samedi, 2005, Grand prix du public
de la Montérégie 2006
Pas de chance, c'est dimanche !, Grand Prix du livre de
la Montérégie – Prix du public 2008
Au coeur de l'ennemi, 2008, Finaliste au Prix des univers
parallèles 2010
Lundi, jour de peur, illustré par Caroline Merola

Chez d'autres éditeurs :
Mon pire problème, éd. Bayard, 2010
Le pire des papas, éd. Imagine, 2010
C'est un jeu ! éd. du Boréal, 2009
Le souhait défendu, éd. Bayard, 2009
C'est ta fête ! éd. du Boréal, 2008
Ma machine à idées, éd. Erpi, 2007
La petite rapporteuse de mots, éd. Les 400 coups, 2007, Prix
du Gouverneur général (illustrations) 2007, Finaliste au Prix
TD 2007, Prix du livre jeunesse des bibliothèques de
Montréal 2008, Finaliste au Prix Alvine-Bélisle 2008
et Sélection IBBY 2009.

Mardi, jour d'Halloween

un roman écrit par
Danielle Simard
illustré par Caroline Merola

SOULIÈRES ÉDITEUR

case postale 36563 — 598, rue Victoria
Saint-Lambert (Québec) J4P 3S8

Soulières éditeur remercie le Conseil des Arts du Canada et la SODEC de l'aide accordée à son programme de publication et reconnaît l'aide financière du gouvernement du Canada par l'entremise du Programme Fonds du livre du Canada (FLC) pour ses activités d'édition. Soulières éditeur bénéficie également du Programme de crédit d'impôt pour l'édition de livres – Gestion Sodec – du gouvernement du Québec.

Dépôt légal : 2011

Catalogage avant publication de Bibliothèque et Archives nationales du Québec et Bibliothèque et Archives Canada

Simard, Danielle, 1952-
  Mardi, jour d'Halloween.
  (Collection Ma petite vache a mal aux pattes ; 106)
  Pour enfants de 6 ans et plus.
  ISBN 978-2-89607-136-4
  I. Merola, Caroline. II. Titre. III. Collection :
Collection Ma petite vache a mal aux pattes ; 106.
PS8587.I287M37 2011   jC843'.54   C2011-940836-8
PS9587.I287M37 2011

Conception graphique de la couverture :
Annie Pencrec'h

Illustrations : Caroline Merola

Logo de la collection :
Caroline Merola

À ceux qui veulent voler de leurs propres ailes.

Chapitre 1

Comment dompter
sa mère

— Il m'énerve, celui-là !
— Moi aussi !

David Meilleur passe toutes ses récrés avec la belle Gabrielle Labrie. Ça nous fait un pincement au coeur, à Michaël et à moi. Parce que, tous les deux, on voudrait que Gabrielle soit notre blonde. Enfin, pas notre blonde à tous les deux. On se comprend.

Et pas trop notre blonde ! Je n'imagine pas mes récrés à parler de choses de filles avec elle. Michaël non plus. Nous préférons jouer au soccer. Je dirais même que, tant que nous avons les yeux sur le ballon, David ne nous dérange pas tellement.

C'est quand la cloche sonne qu'il se met à nous embêter. Gabrielle et lui vont se mettre ensemble dans le rang de leur classe. Chaque fois, notre regard se colle à eux. Gabrielle

parle, David sourit. David parle, Gabrielle sourit. Il ne faut plus les regarder ! Je me force à prendre un ton joyeux pour dire à Michaël :

— Ça va être spécial, l'Halloween, cette année. Un concours de costumes pour toute l'école !

Mon ami sourit, les yeux rêveurs.

— Depuis que madame Odile nous l'a annoncé, je n'ai pas arrêté d'y penser. Je vais m'acheter le déguisement du chevalier masqué.

— D'après moi, un costume acheté n'a aucune chance de gagner.

— Ma mère ne sait pas faire des déguisements. Elle n'est pas comme la tienne, Julien. Qu'est-ce qu'elle te fabrique, cette année ?

— Rien ! Je ne la laisserai pas toucher à ça ! Je n'ai pas envie de me retrouver en fleur, en canard ou en coccinelle, comme les autres années. Surtout que, cette fois-ci, va falloir se montrer à tout le monde de l'école. J'ai pensé à mon affaire, moi aussi. Je vais me fabriquer un costume de robot, en boîtes de carton. J'en ai déjà réussi un pas mal, cet été. Ce ne sera pas difficile d'améliorer mon invention.

— Ta mère va accepter ? Tu sais comment elle est. Elle va

vouloir que tu gagnes le concours !

Michaël commence à bien
connaître maman ! Mais il ignore qu'elle acheté le livre ARTISA-
NAT EXTRÊME. Et que, depuis, on
ne la voit plus. Elle est toujours
enfermée dans son atelier, au
sous-sol. Je fais un clin d'oeil à
mon ami et je lui annonce la
bonne nouvelle :

— Je ne m'inquiète pas. Ma mère est tellement occupée à fabriquer une voiturette en dentelle de bois qu'elle se fichera de...

— Tsss ! Tsss ! Consigne numéro 6 : silence dans les rangs !

Mon coeur fait un saut à l'élastique. Je n'avais pas vu arriver Odile. Elle sort son sourire de crocodile, et son petit carnet. Elle y inscrit notre mauvaise conduite. Mes chances de devenir le prochain champion du lundi viennent de fondre…

Je n'ose plus parler. Mes yeux en profitent pour retrouver Gabrielle, dont le rang s'ébranle. Deuxième saut à l'élastique pour mon pauvre coeur ! David a pris ma belle par la main. Elle le laisse faire ! Je me tourne vers Michaël. Il regarde dans l'autre direction. Je ne lui dirai rien. C'est déjà trop triste.

***

Maman lit la feuille anonçant la tenue du concours de costumes, dans trois mardis, l'après-midi de l'Halloween.

Dans la vie, il y a des moments où tout se joue. Concentré

au maximum, je me prépare à compter le point décisif avec toute l'adresse dont je suis capable. Je lui tends un crayon pour sa signature. Mon attitude indique que ce message est sans importance. Celle de maman se met à indiquer le contraire.

— Enfin un concours ! s'exclame-t-elle.

Catastrophe !

Ne pas paniquer, surtout. Recourir à la tactique prévue dans un pareil cas. Garder un air détaché pour dire :

— Concours ou pas, maman, je vais faire mon costume tout seul, cette année. J'y ai bien pensé. Mon plan est prêt. Je ne suis plus un bébé. Et puis, tu es tellement occupée ! Tu dois continuer à te consacrer à ta magnifique voiturette !

Elle hésite, je le vois bien. Il ne faut surtout pas qu'elle se sente une moins bonne mère. Le moment est venu de l'enlacer tendrement.

— Tu es la reine des mamans. Tes enfants ont toujours été les mieux costumés. Mais il est

temps que tu penses à toi. C'est un ordre et je ne reviendrai pas là-dessus !

C'est elle qui n'en revient pas. Son oeil prépare une larme.

— Tu n'es plus un bébé pour de vrai, mon grand. Merci !

Elle me serre à son tour, très fort, en souriant au plafond.

Et j'ai compté le but ! J'ai gagné ! J'ai gagné ! À l'intérieur de moi, une fête endiablée bat son plein.

Du dehors, on ne voit pourtant qu'un garçon prêt à tous les sacrifices pour sa maman adorée. C'est comme si j'étais déjà déguisé !

Chapitre 2

Comment décevoir
sa mère

Méfiez-vous des coeurs de
mères ! Ordonnez à une maman
de ne penser qu'à elle et elle se
mettra à penser à vous…

Le soir du 30 octobre, la mienne entre dans ma chambre, l'air
radieux.

— J'ai une surprise pour toi !

Elle a dans les bras un paquet
fait de fourrure noire, de voiles

colorés et de languettes de bois.
J'ai peur de comprendre…

— Pensais-tu que j'allais te
laisser aller au concours sans le
costume gagnant ?

J'avais compris ! Mon sang
ne fait qu'un tour, ma langue
aucun. Je m'écrie :

— J'ai déjà un super costume
de robot, maman ! J'ai passé des
heures à le fabriquer. Peut-être
que je ne gagnerai pas, mais je
serai fier de MOI.

Nathalie Gagnon ne perd pas son sourire triomphal.

— Bien sûr, que tu peux être fier de toi ! Et tu joueras au robot tant que tu voudras. Mais en attendant, tu vas gagner ce concours grâce à mon superbe costume de papillon.

— De papillon ! Tu as dit de papillon ? Tu m'as encore fait un truc de fille ?

Elle rit maintenant.

— *Un* papillon, c'est masculin. Sinon on dirait *une* papillon. Puis attends de voir ça ! Je me suis inspirée d'un modèle de la revue ARTISANAT EXTRÊME. Il est si compliqué que personne n'aura le même, j'en suis certaine !

La voilà qui se jette sur moi. En état de choc, je la laisse défaire mon pantalon. Je le retire et j'enfile la fourrure, comme un pantin. Il s'agit d'une sorte de combinaison à capuchon, qui me couvre tout le corps sauf les pieds, les mains et la figure.

J'aurais préféré qu'elle me couvre la figure. Maman passe mes bras dans les courroies qui retiennent les ailes dans mon dos. Elle me pousse vers le miroir.

Une chenille à poils se reflète devant moi, avec de ridicules antennes et de petites ailes. À côté d'elle, une femme rose de bonheur dit :

— Tu vois les cordons qui sortent de tes courroies ? Tire dessus vers la gauche !

La chenille écarquille les yeux : plus elle tire et plus ses ailes se déploient, immenses, légères, multicolores ! C'est de toute beauté, mais…

— Je ne peux pas porter ça !

On dirait que le visage de maman fond comme du beurre. Une sorte de « pourquoi ? » sort de sa bouche, aussi faible qu'un dernier souffle. Je réponds :

— C'est un magnifique costume de fille… ou de bébé… Moi, je ne suis ni l'une ni l'autre.

On se regarde dans le miroir. Le papillon a l'air buté. La bricoleuse a les yeux qui se mouillent, les lèvres qui se tordent. Elle a du mal à parler :

— Je pensais te faire plaisir. Le soir où tu m'as dit de penser à moi, je t'ai trouvé tellement gentil ! Ça m'a donné l'idée de te faire ce modèle extrême, en cachette. C'est quoi cette histoire de filles et de bébés ? Tu portes le plus beau costume au

monde ! Les gars n'ont pas le droit d'être beaux ? Il faut qu'ils soient des monstres ou des vampires ?

Je voudrais lui répondre que oui et qu'elle devrait le savoir. Mais elle semble si désespérée que je me tais.

— Toutes mes soirées y sont passées, continue-t-elle. Je... je suis si déçue... Je n'arrive pas à le croire...

Cette fois, la maman du miroir pleure pour de vrai. Le papillon ne sait plus où se mettre. Il bredouille qu'il s'excuse, qu'il se trouve vraiment beau...

C'est comme ça. Un papillon ne peut pas laisser pleurer sa mère. Un robot aurait pu, je suppose.

— Tu vas le porter ? demande-t-elle pleine d'espoir.

Je me tourne et je l'entoure de mes bras.

— Bien sûr. Merci, maman. Ce doit être la surprise.

— Oui, c'était toute une surprise ! se réjouit-elle de nouveau.
Je défais mon étreinte et elle
se dirige vers la porte en scan-
dant :

Juste avant de sortir, elle lance :

— Oh ! Pour refermer les ailes, tu tires vers la droite.

Le papillon se retrouve seul dans le miroir. Je lui demande tout bas :

— Et toi, es-tu déçu ?

Ma figure dit tout. Je pense à mon beau costume de robot que j'ai déjà apporté dans mon casier,

aujourd'hui. J'avais trop hâte à demain. Je pense à la réaction des autres quand ils me verront avec ça sur le dos. Le cœur me tombe dans les talons. Steve Malette et Lucifer ne vont pas me manquer.

Je les entends déjà crier : « Qu'il est mignon, on dirait une petite fée ! Je veux l'épingler dans ma collection ! » Puis ça ne s'arrêtera pas à l'Halloween.

Steve et Lucie vont s'en souvenir pour le reste de l'année. Je les connais !

Le papillon piteux replie ses ailes. Pourra-t-il seulement les garder intactes, demain ?

Maman sait-elle à quel point je suis gentil ?

Chapitre 3

Comment séduire
une fille ?

Midi arrive, avec le début
de la fête. Il était temps. Deux
minutes de plus et l'excitation
montait au point de faire sauter
l'école. Les élèves ont déjà l'air
d'être remplis de sucre jusqu'aux
oreilles.

Nous avons maintenant le
droit d'enfiler nos costumes.

Presque toute la classe est partie se changer aux toilettes. Devant mon casier ouvert, je me dispute avec moi-même. Il y a le gentil Julien qui veut mettre son costume de papillon. Il y a le Julien un peu moins gentil qui veut mettre celui de robot.

Le deuxième prétend que maman n'en saura rien et que ça ne fera donc de mal à personne. Le premier sait bien que maman lui posera plein de questions et qu'il

aura du mal à mentir. Tu es capable, dit l'un. Pas sûr, dit l'autre.

Il semble que les deux « moi » soient de force égale. Si ça continue, je vais rester devant ce casier encombré pendant toute la fête.

— Qu'est-ce que tu fais, Julien ?

Odile pose la main sur mon épaule. La seule vue de ses dents fait déguerpir le « moi » moins gentil. L'autre ramasse son costume de papillon et part vers les toilettes.

Je croise des élèves qui reviennent déguisés : des lapins, des pirates, des sorcières... Juste comme je passe devant les toilettes des filles, Gabrielle Labrie en sort si vite qu'elle me heurte de plein fouet.

Oh ! Elle pleure !

— Qu'est-ce qu'il y a ?

Pour toute réponse, elle me montre son dos, où sa robe de

princesse est complètement déchirée. Elle commence à m'expliquer les faits, mais le chagrin noie la moitié de ses mots. Je comprends qu'en sortant de son cabinet, Gabrielle a vu Lucifer. Celle-ci attendait son tour, avec le même costume qu'elle sur le bras. Comme Gabrielle continuait son chemin, Lucie a mis le pied sur le bas de la robe de sa rivale, arrachant ainsi tout le dos de son costume.

— Je suis sûre qu'elle l'a fait exprès ! braille Gabrielle, le visage rouge de colère.

Elle est sans doute la seule personne qui reste aussi jolie en pleurant autant. Ses larmes en sont encore plus attristantes. C'est presque insupportable. Je ferais tout pour les sécher. Et... j'ai justement tout ce qu'il faut dans les mains.

— Prends mon costume de papillon. Je te le prête.

— Et... Et toi ?

— J'en ai un autre.

Je lui tends le déguisement en insistant :

— Ça me fait plaisir ! Tu verras, il est très beau. Les ailes se mettent comme un sac à dos.

Avant que j'aie pu lui dire comment les actionner, un baiser de Gabrielle vient mouiller ma joue.

Elle recule ensuite et je suis ébloui. Son sourire au milieu des larmes, c'est le soleil dans la pluie ! Mon coeur joue un solo de batterie endiablé, alors qu'elle regagne les toilettes en lançant :

— Tu es tellement gentil,
Julien !

Voilà le plus drôle ! Finalement,
c'est le gentil Julien qui revient à
son casier pour mettre son cos-

tume de robot. Par amour pour
Gabrielle, il saura bien mentir à
sa maman.

***

Il fait si beau et si doux que
la fête a lieu dans la cour d'école. Les tables des dîneurs sont

pleines de bonnes choses à
manger. Jamais je ne pourrai
revivre un moment aussi mer-
veilleux ! Odile, la sorcière crocodile, arrive avec les jus. Tout
le monde rit et elle aussi.

Le plus beau, c'est que Gabrielle dîne avec moi ! Bien entendu, Michaël nous colle. Mais la papillonne ne veut rien savoir du chevalier masqué. Elle préfère le robot. Elle le préfère même à David le Viking. Elle le préfère à tous ces gens qui tournent autour de nous et qui la félicitent pour la beauté de son costume. Elle les remercie, rien de plus. Je lui ai demandé de garder le secret.

À force de l'admirer, je n'arrive plus à fermer la bouche. Elle en profite pour y glisser un coin de son sandwich. On dirait un petit baiser de pain. Je me dis que nous sommes un papillon et un robot amoureux. Je nous imagine, plus tard, entourés de nos enfants robots avec de grandes ailes multicolores. Et

soudain, une petite voix méchan-
te me ramène sur terre. Plantée
devant Gabrielle, l'horrible princesse Lucifer s'étonne :

— Tu avais deux costumes ?

— Bah ! oui, répond ma belle
en haussant les épaules.

Lucie pince les lèvres avant
de cracher son venin.

— Tu étais mieux en princesse. Les ailes sont pas mal, mais
pour le reste, tu as l'air d'une
grosse chenille noire. Pouah ! Je
ne voudrais même pas t'épingler dans ma collection.

Je m'apprête à défendre mon amie, mais Steve Malette le fait avant moi :

— Tu sauras, Lucie Ferland, qu'un costume de princesse ça ne te va pas du tout. Tu as l'air d'une patate qui veut se faire passer pour une fleur. Gabrielle a un très beau costume de papillon, je trouve !

Je n'en reviens pas. Jamais il n'aurait dit ça si c'était moi qui l'avais porté. Il m'aurait plutôt mis en pièces. Ce qui aurait été parfait, avec son costume de bourreau. Tiens, le voilà tout rouge… Pas un autre amoureux de Gabrielle !

Rien n'échappe à Lucifer qui se met à crier :

— Steve est amoureux ! Steve est amoureux de Gabrielle !

Le bourreau se pousse, son affreuse princesse sur les talons. Mon papillon plonge un nouveau sandwich entre mes dents.

Pas de doute, aujourd'hui j'ai gagné le concours le plus important. Mais maman n'en saura rien…

Chapitre 4

Comment oublier de penser

Quand les choses vont bien, on ne se pose pas de questions. On profite de sa chance. On mange des bonbons. On s'amuse avec sa papillonne préférée. On participe même à une course avec elle, en bondissant comme des kangourous, à deux dans le même sac. On perd, mais on s'en fout. On pleure de rire !

On suit les autres dans le gymnase pour le concours de costume. On écoute la consigne. Chaque classe sera appelée à défiler sur l'estrade, l'une après l'autre. Les élèves se succéderont par ordre alphabétique. Chacun devra marcher lentement devant les jurés : la gérante de la Caisse populaire, un commissaire d'école et la soeur de la directrice, qui crée des costumes pour la télévision.

Mon tour venu, j'avance de façon saccadée, comme un vrai robot. Du coin de l'oeil, je vois les juges écrire leurs notes. J'ai envie de m'arrêter pour leur dire :

— Vous savez, je l'ai fabriqué tout seul, mon costume. Personne ne m'a aidé !

Mais non ! Je ne fais pas ça ! Je continue à mettre un pied

devant l'autre, mort de peur de trébucher.

Ouf ! J'ai traversé l'estrade sans catastrophe. On m'a applaudi, mais bon, on applaudit tout le monde…

Quoique Gabrielle soulève plus d'applaudissements que les autres. C'est tellement beau de la voir bondir sur ses pieds légers ! On jurerait qu'elle va s'envoler. Même avec ses ailes refermées, car elle attend de passer devant le jury pour les ouvrir, d'un coup ! Un « Ooooooh ! » admiratif monte dans la salle, comme devant un beau feu d'artifice.

Là encore, le robot somnam-
bule ne se pose pas de questions. Il fait juste attraper au vol
le magnifique sourire du papillon
qu'il n'a pas voulu être. Et son
coeur amoureux bat très très fort.

Quand toute l'école a défilé, le jury s'en va délibérer et la danse commence. Est-ce le sucre, l'amour ou les deux ensemble ?

Je gigote comme une pieuvre disco hors de l'eau. Gabrielle se tord de rire. Si mon costume ne se brise pas, c'est qu'il est vrai-

ment solide ! Je suis encore plus fier de moi. Mais j'ai chaud.

Soudain, la musique s'arrête. Déguisée en énorme fée clochette, notre directrice prend le micro :

— Mes chers amis, le moment est enfin arrivé de dévoiler nos grands gagnants du concours de costume ! En troisième position, le jury a choisi… Guillermo Brisebois.

L'élève de maternelle est poussé sur l'estrade par son enseignante. Il rejoint la directrice, déguisé en éléphant de maharadja, tout décoré. Il est très mignon, mais moi ça me fait trop rire de voir un éléphant plus petit que la fée Clochette. Celle-ci remet un parchemin au mini mastodonte. Tout le monde applaudit et elle reprend :

— Le deuxième prix va à... Claudie Toussaint !

Une magnifique martienne de sixième année va rejoindre la fée gonflée qui lui remet son parchemin.

— Et le premier prix...

La directrice laisse un lourd silence planer au-dessus de nos têtes. Je ne dois pas être un robot très intelligent, parce que je ne devine pas encore ce qui va tomber sur ma tête. La fée Clochette se gonfle davantage pour crier très fort :

— Le premier prix est attribué à Gabrielle Labrie !

Dans un tonnerre d'applaudissements, ma papillonne me saute au cou. Puis elle court sur l'estrade. Et là, je me pose une première question : Comment ne l'ai-je pas prévu ?

Quand Gabrielle reçoit son prix, mon prix, enfin, le prix de ma mère, je comprends que je suis le plus vilain fils de la Terre.

Si maman savait ça !

La directrice regroupe ses gagnants autour d'elle. Un homme que je ne connais pas s'avance pour les photographier. Deuxième question, cette fois à Michaël :

— C'est qui, lui ?

— Le photographe du journal, regarde, c'est écrit *Le Citoyen* sur son blouson.

Le flash de l'appareil photo jaillit et j'ai l'impression d'être aveuglé par l'éclair. C'est la cruelle évidence qui me saute au yeux : maman va le savoir !

Le Citoyen est distribué gratuitement tous les samedis à toutes les portes. Après un petit séjour sur notre table de cuisine, il traîne dans notre salle de bain pendant une semaine. Maman va voir que son costume de papillon a gagné le prix… sans son fils.

Plutôt mourir que de voir la tête qu'elle fera !

Ah, mais j'ai la solution ! Je vais lui dire qu'on était deux papillons et que c'est l'autre qui a gagné. Je respire mieux… à peine deux secondes… Ma mère va faire un procès à l'école pour ne pas m'avoir fait gagner ex-aequo !

Ah ! J'ai une meilleure solution ! Je vais mettre la main sur le journal avant elle et le détruire ! Je respire… toujours aussi mal. Ma mère va chercher son journal, elle va emprunter celui de la voisine ou en ramasser un à l'épicerie ou à la banque… Ce journal-là ne traîne pas seulement dans notre cabinet de toilette, il traîne partout !

C'est quand ça va mal qu'on se pose des questions. Cette fois, j'ai envie de hurler à toute la salle :

— Qu'est-ce que je vais faiiiiiiii-re ?

Chapitre 5

Comment répondre à ma question

Ma question est sans réponse, j'en ai bien peur. J'ai beau retourner le problème dans tous les sens, aucune solution ne se montre le bout du nez.

La fête se termine, tout comme la journée d'école. Les élèves quittent le gymnase pour aller

remettre leurs vêtements de tous les jours. Il ne reste que les gagnants, les juges et la directrice qui se font encore photographier sur l'estrade… et, seul au milieu de la salle, un robot éteint.

Perdu dans mes pensées, je ne vois même pas le photographe partir ni le papillon voler vers moi.

— Je peux garder ton costume pour ce soir, Julien ?

Je me réveille devant les yeux suppliants de la belle Gabrielle. Au point où j'en suis, autant dire oui.

— Tu es mon champion ! s'exclame-t-elle.

J'ai droit à un nouveau baiser. Puis nous nous dirigeons vers nos casiers. Michaël est accoté sur le mien, prêt à partir.

— Qu'est-ce que tu fabriques, Julien ?

— Oh… J'ai attendu Gabrielle pour la féliciter. Ce ne sera pas long, je me change en vitesse.

***

Sur le chemin du retour, Michaël a du mal à cacher sa jalousie.

— Qu'est-ce qu'elle avait à te coller comme ça, Gabrielle Labrie ?

Je réponds qu'elle aime peut-être les robots. À moins que j'attire les papillons… Même mon

meilleur ami ignore ce que j'apportais à l'école, ce matin, dans mon gros sac de mode pour dames. Je ne lui ai pas dit qu'il s'agissait d'un costume de papillon. J'hésitais déjà à le porter. Alors, j'ai prétendu que j'apportais de nouveaux morceaux de robot... Maintenant, je n'ai pas envie de tout raconter à Michaël.

C'est à peine si j'écoute son papotage. Mon cerveau est branché sur : « Qu'est-ce que je vais faiiiiiire ? ». « Gagner du temps » est la seule réponse qui me vient à l'esprit. Tant que ma mère ne saura pas ce qui est arrivé, il restera de l'espoir. J'ai plus de trois jours pour trouver le moyen de m'en sortir. Le journal paraît samedi…

— Je vais laisser mon costume chez toi, Michaël. J'irai me changer là, puis on va passer l'Halloween dans ton coin.

— Si tu veux. On pourra finir par ta rue.

— NON ! Heu… non, je trouve que mes voisins ne donnent pas assez de bonbons. Ça ne vaut pas la peine.

Mon ami me regarde drôlement. Je fais comme si de rien n'était.

***

Dès que j'entre à la maison, ma soeur Roxane vient aux nouvelles. Maman a téléphoné deux fois pour savoir si j'avais gagné le concours. Elle est maintenant en chemin et sera là très bientôt.

— Il n'y a qu'à te voir pour savoir que tu n'as pas gagné, rigole Roxane.

Quelques minutes plus tard, maman, elle, ne rigole pas.

— Je n'arrive pas à le croire... murmure-t-elle.

C'est comme si elle venait d'apprendre qu'on lui a toujours menti sur la forme de la Terre. Qu'elle n'était pas ronde, mais plate.

Soudain, elle se ressaisit et demande qui a gagné.

— Gabrielle Labry.

— Non, je veux dire quel costume a gagné ?

— Un papillon.

— Quoi ? Aucun papillon ne pouvait être plus beau que le mien ! Il l'était ?

Cette fois, on dirait qu'elle demande si c'est vrai de vrai que la Terre est plate. Elle veut tellement que la réponse soit « non »!

— Je ne sais pas, maman. C'est juste qu'un papillon fille est toujours plus mignon qu'un papillon garçon. C'est ce que je crois…

Après ça, maman ne s'étonne même pas de ma décision de passer l'Halloween sur une autre rue. Rien ne l'étonnera plus jamais. Malgré tout, elle continue de jouer son rôle de bonne mère, en me forçant à manger de la soupe aux légumes. Ainsi, quelques vitamines s'ajouteront aux calories vides de mes bonbons et cette fête ne sera pas un désastre total.

Mon bol avalé, je me sauve chez Michaël. Les vitamines m'ont remonté au point qu'il me vient déjà un faible espoir. Peut-être que la photo ne sera pas très claire, dans le journal. Et que maman n'y reconnaîtra pas son costume !

Chapitre 6

Comment tout
peut changer

Je n'ai jamais trouvé une soi-
rée d'Halloween aussi dépri-
mante. D'une porte à l'autre, les
bonbons s'entassent dans mon
sac. Mais l'idée d'en manger un
seul me lève le coeur. Qui voudrait se gaver de sucreries à
quelques jours d'une catastrophe
annoncée ?

Sans m'en rendre compte, je me laisse conduire par Michaël jusqu'au coin de ma rue. Il insiste maintenant pour aller montrer son costume à ma mère. Je cherche un empêchement, le regard pointé vers le fond de ma rue, et je vois… Encore un truc que je n'avais pas prévu ! Au loin, un papillon passe sous un réverbère. Il se dirige vers chez moi !

Je plante là le chevalier masqué. Jamais personne n'aura vu un robot courir aussi vite ! Je me mets à crier : « Gabrielle ! Gabrielle ! »

Ouf ! Elle se retourne, à trois maisons de la mienne. Elle fait signe à ses amies de continuer sans elle et vient vers moi.

— Tu as l'air tout drôle, Julien. Ça va ? demande-t-elle.

Je trouve que c'est elle qui a l'air tout drôle. Comme je suis trop essoufflé pour parler, elle poursuit :

— Une chance qu'on se voie. Je me sentais mal pour cet après-midi. C'est bête, je n'y ai pas pensé sur le coup, mais tu as dû avoir de la peine…

— Hein ? Pour… Pourquoi ?

— C'est toi qui aurais dû gagner, au fond. C'était ton costume.

Belle Gabrielle ! C'est comme si elle ouvrait la porte à mes aveux. Tout à coup, ça me devient si facile de tout lui dire à propos du fameux déguisement de

papillon de MA MÈRE ! Malgré les fantômes, les sorcières ou les monstres qui nous tournent autour, je ne vois plus qu'elle. Elle qui m'écoute et qui a l'air de si bien me comprendre.

Je sursaute quand Michaël nous rejoint :

— Qu'est-ce qui t'arrive, Julien ? Tu ne ramasses plus de bonbons ?

— Oui, oui… Tiens, va donc montrer ton costume chez nous. Le mien, ils l'ont déjà vu !

Je finis de raconter mon histoire à Gabrielle :

— Tu vois, j'ai un gros problème, maintenant.

— Moi aussi, j'en ai un, dit-elle. Tout à l'heure, un journaliste du *Citoyen* a téléphoné chez nous. Il va venir me rencontrer à la maison, après l'école, demain. Il veut me poser des questions, tu te rends compte ? C'est certain qu'il va me demander d'où vient mon costume…

Gabrielle me prend les mains :

— Viens voir le journaliste avec moi. On va lui dire la vérité. Et tout le monde saura que ta maman est la vraie gagnante. Elle ne pourra pas t'en vouloir, après une si belle surprise. Garde le secret jusqu'à ce qu'elle reçoive le journal !

Cette fois, c'est moi qui l'embrasse.

— Avez-vous fini de vous bécoter, aujourd'hui ?

Michaël revient, agacé.

— Ta mère est aussi bizarre que toi, me dit-il. Quand elle vous a aperçus, elle m'a demandé qui était le robot, avec toi.

Mon cœur fait un triple saut périlleux. Que je suis bête ! Je ne vois décidément rien venir ! Ma voix tremble quand je demande à mon ami :

— Qu'est-ce que tu lui as répondu ?

— Rien. J'ai ri. Je suppose que c'était une blague, mais…

Nous marchons un peu, avant qu'il finisse sa phrase :

— Je ne la comprends pas.

Les amies de Gabrielle nous rejoignent et nous poursuivons notre tournée ensemble, sur une autre rue. Une bonne sorcière a dû nous jeter un sort. Tout à coup, les feuilles mortes se mettent à rire sous nos pas et toutes les citrouilles me sourient !

Chapitre 7

Comment devenir
une vedette

Le samedi matin, je me lance dans le vestibule. Je dois ramasser le journal avant les autres. Quel choc !

Notre affaire fait la première page au complet. D'abord, le gros titre : L'AMOUR À L'HALLO-WEEN ! Puis la photo : Gabrielle qui m'embrasse sur la joue !

Comme c'est en couleur, on voit à quel point je suis rouge. Mais une autre chose saute aux yeux : mon sourire idiot !

Je comprends soudain l'expression « le sol se dérobe sous mes pieds ». Voilà ce que je ressens en lisant sous la photo : « L'amour du jeune Julien Potvin a permis à Gabrielle Labrie de remporter le concours de costumes de son école. »

Avant que je me ressaisisse, Roxane surgit derrière moi.

— Qu'est-ce...

Sa phrase reste en suspens. Dès que ma soeur voit le journal, elle me l'arrache des mains. Elle court vers la chambre de nos parents en criant comme une oie affolée.

Moi, je reste dans le vestibule, assommé. J'avais trouvé une réponse à la question « Qu'est-ce que je vais faiiiiiire ? » Maintenant, une nouvelle question me tourne dans la tête : « Qu'est-ce que j'ai faiiiiiiit ? »

Je n'oserai plus jamais mettre les pieds à l'école. Tout le monde va rire de moi !

Quelques minutes plus tard, toujours paralysé dans le vestibule, j'entends ma mère qui accourt en braillant :

— Comme c'est beau ! Comme c'est touchant ! Comme je suis fière de toi, mon grand !

La voilà qui se jette sur moi et me donne un gros bec sur le front. Elle plie un peu les genoux pour se mettre à ma hauteur. Elle plonge ses yeux dans les miens.

— C'est vrai que tu es amoureux ?

— Mais non ! C'est le journaliste qui a inventé ça. Moi, je voulais juste être gentil. Elle pleurait tellement…

Maman a un sourire moqueur que je n'aime pas du tout. Elle rit doucement et murmure :

— Mon bébé a grandi… Va falloir que je m'habitue…

Cette fois, elle me serre dans ses bras, très fort, puis m'entraîne vers la cuisine. Papa dépose *Le Citoyen* sur la table.

— Bonjour, la vedette ! s'exclame-t-il.

Je peux enfin l'ouvrir, ce journal. Le reportage couvre les pages 2 et 3. On y voit la photo de groupe des gagnants, des juges et de la méga fée Clochette. Surtout, on y voit une grande photo de Gabrielle en papillon, sous laquelle est écrit : « La belle Gabrielle Labrie dans le costume gagnant, une oeuvre de madame Nathalie Gagnon de la rue des Tilleuls. »

Bien sûr, l'article ne dit pas que j'hésitais à me déguiser en papillon. On y lit que j'avais déjà apporté mon costume de robot à l'école, parce que j'ignorais quelle magnifique surprise ma mère allait me faire le soir même.

Le lendemain, j'ai vu mon amie pleurer à cause de sa robe de princesse déchirée. Moi, j'avais deux costumes ! Sans hésitation, je lui ai prêté le plus beau.

On a mis mes paroles entre guillemets : « J'aurais pu lui offrir mon déguisement de robot, mais je ne le trouvais pas assez joli pour une fille. J'ai pensé que le papillon irait bien mieux à Gabrielle. » Puis je lis ce que Gabrielle a dit au journaliste, en

privé : « Julien est le garçon le plus gentil du monde. Je l'aimerai toujours. » L'article se termine par ces mots : « Quel geste généreux que celui de Julien Potvin ! Sa maman peut être aussi fière de lui que de son magnifique costume. »

Soudain, je me sens tout heureux. Ils pourront rire de moi tant qu'ils voudront à l'école. Je m'en fiche !

Je referme le journal devant les mines réjouies de mes parents.

— Pourquoi tu ne me l'as pas dit mardi ? demande maman.

— Moi aussi, je peux faire des surprises !

Elle me reprend le journal pour admirer une fois encore son oeuvre. Elle dit, comme pour elle-même :

— Il me semblait, aussi, que ça ne se pouvait pas. C'était à moi de gagner !

Ça y est, la Terre n'est plus plate. Elle est redevenue ronde et elle tourne comme ma mère le souhaite.

Pendant que je mange mes céréales, elle me pose soudain cette question :

— Ça ne t'a pas fait pas trop de peine de voir quelqu'un remporter le prix à ta place ?

Sans tout révéler, je veux mettre les choses au clair :

— Non, maman. Il faut que je te le dise : j'ai été très fier de défiler dans mon costume à moi. Celui que j'avais créé tout seul.

Elle me regarde fixement. Je vois que ça travaille fort dans sa tête. Au bout de quelques secondes, elle cesse de mordiller sa lèvre inférieure pour me sourire tendrement.

— Message reçu, dit-elle.

***

Une vedette ne passe jamais inaperçue. Maintenant, je dois simplement vivre ma vie de vedette. Ce n'est pas toujours rose, mais c'est comme ça. Voilà ce que je me répète le lundi matin.

Déjà, sur le chemin de l'école, je trouve Michaël bien froid. Je lui demande de m'excuser. Je n'aurais pas dû avoir tant de secrets pour mon meilleur ami.

Dans la cour, tous les regards se tournent vers moi. Celui des filles est plutôt doux. Celui des garçons est moqueur. Celui de David Meilleur est assassin.

Celui de Steve Mallette est stupide.

— Comme ça, tu as failli être un beau papillon à sa maman. C'est mignon, ça, un papillon...

Le monstre sautille autour de moi sur le bout des orteils. On dirait un hippopotame qui essaie de paraître léger. Il ramène ses

mains à la hauteur de ses épaules. Il les fait battre comme deux petites ailes. J'éclate de rire, parce que je n'ai jamais rien vu d'aussi ridicule. Ce rire était ma meilleure arme. L'hippopotame perd ses ailes et retombe sur ses pieds.

Lucie Ferland ne dit rien. Elle a seulement l'air très triste.

— On joue au soccer ? lance Michaël.

Aussitôt, nous courons rejoindre notre équipe. Je fais un petit

signe de la main à Gabrielle. Elle me répond par un bisou soufflé. Comme toujours, elle est en grande conversation avec David Meilleur. Mais ça ne m'énerve plus. Tout le monde sait une chose maintenant.

C'est moi qu'elle aime !

Danielle Simard

Avec cette 9e aventure de Julien Potvin, j'ai écrit une histoire de fête, de déguisements, de jalousie, d'amour... Surtout, j'ai écrit l'histoire d'un garçon qui a très peur de faire de la peine à ceux qu'il aime. Plutôt que de dire à sa maman qu'il ne souhaite plus porter ses costumes d'Halloween pour « filles », il invente une sorte de mensonge. Et le voilà pris à son propre piège. Épinglé comme un papillon !

Cette peur de Julien, je la connais bien. Comme lui, je me demande parfois où situer la frontière entre se faire plaisir à soi et faire plaisir aux autres. Je sais seulement qu'on ne doit jamais choisir tout l'un ou tout l'autre...

Caroline Merola

Pauvre Julien !
Même l'Halloween est devenu une épreuve à traverser. Et cette fois, ce n'est pas à cause de l'affreux Steve Mallette ou de cette peste de Lucie Ferland, mais bien de sa propre mère ! Quel cauchemar !

Sa mère veut tellement qu'il soit le plus beau, le meilleur, qu'elle finit par lui gâcher la fête. Plus je lisais le livre, plus j'étais fâchée contre la maman qui l'oblige à porter son ridicule costume de papillon. Julien a vraiment bon coeur et il est très patient. J'en connais qui n'auraient pas été aussi gentil que lui ! Mais Julien a fait les bons choix et, finalement, les choses ont bien tourné pour lui ; il est devenu le héros de la belle Gabrielle !

Tout de même, je crois que ce livre, on devrait le faire lire aux parents. Aux parents qui veulent toujours trop bien faire...

Ta semaine de lecture...

Le champion du lundi
Julien est un élève modèle. Il rece-
vra la médaille du Champion du
lundi... mais cette médaille lui en
fera voir de toutes les couleurs !

Le démon du mardi
Julien suit des cours de natation.
Mais il y a aussi Lucie Ferland, qui
se moque de lui tout le temps. Un
cauchemar ? Sûrement, s'il n'y avait
Gabrielle que Julien aime en
secret... **3ᵉ position au Palmarès
de Communication Jeunesse
2000**

Le monstre du mercredi
Odile place les élèves en équipe
de deux. Julien se retrouve avec le
monstre de la classe ! Comment
se sortira-t-il des griffes de Steve ?
**2ᵉ position au Palmarès de
Communication Jeunesse 2001**

avec Julien Potvin

Les petites folies du jeudi
Julien et Michaël sont tous deux amoureux de Gabrielle. Michaël propose de lui acheter un cadeau. Julien n'a pas d'argent de poche. Suffit-il d'en avoir pour déclarer son amour ? **Prix Communication Jeunesse 2004, Grand prix du livre de la Montérégie 2004**

Le macaroni du vendredi

Julien doit faire un exposé oral démontrant ce qu'il réussit d'extraordinaire en dehors de l'école. Julien veut épater ses amis. Mais comment ? Un champion du lundi peut-il devenir la nouille du vendredi ? **Grand prix du livre de la Montérégie 2005**

Le mauvais coup du samedi
Julien est en colonie de vacances. Il s'amuse à jouer des tours et à faire des coups pendables avec son ami Cédric. Après un mauvais coup pas gentil du tout, Julien ne se reconnaît plus. Dans quel piège est-il tombé ? Comment fera-t-il pour redevenir lui-même ?

Pas de chance, c'est dimanche !

Une sortie du dimanche en famille et voilà que les catastrophes s'accumulent. Chamaillerie entre frère et soeur sur la banquette arrière, visite de musée ratée : rien que des pépins au cours de cette journée. Les sorties familiales sont souvent une corvée, mais, avouons-le, il est réconfortant d'être ensemble quand on est en panne d'essence et perdus dans la forêt.

UNE NOUVELLE SEMAINE QUI COMMENCE !

Lundi, jour de peur

La mère de Julien sera absente toute la semaine et c'est son père qui prendra la relève. Julien pense qu'il aura tout son temps pour rédiger sa recherche. Mais plus le temps passe, plus il se laisse tenter par toutes les activités et sorties exceptionnelles que son père prépare ou propose. Le lundi fatidique arrive et Julien doit rendre son travail. Non seulement il n'a pas écrit une seule ligne, mais Julien se fait voler son sac d'école… Avec Julien, les catastrophes ne sont jamais loin et celle-ci est de taille !

**PROTÉGEONS
NOS FORÊTS**

Ce livre a été imprimé sur du papier Sylva enviro 100 %
recyclé, traité sans chlore, accrédité Éco-Logo et fait à partir
d'énergie biogaz.

Achevé d'imprimer
sur les presses de Marquis Imprimeur
à Cap-Saint-Ignace (Québec)
en juillet 2011